U0045177

致敬這場人間煙火

致每個努力不被生活擊倒的你

雖時間推移，
可慶幸回憶仍在。

目錄

羊皮紙的浪漫 9
親愛的公主大人 13
薔薇不用長高，晚霞自會弓腰 19
理科男也有愛情 24
從制服到婚紗 30
男人婆 38
純友誼 44
強勢不代表不需要愛 49
你才不醜，醜的是自卑 53
一起愛上那個不確定的生活吧 60

終於選擇放手的那天 65
什麼都沒有的虛榮年紀 70
溫柔並不是妥協 76
我超討厭我哥哥 81
人間有你才是人間 86
還能是朋友嗎 93
最喜歡的人 98
我的母子戀爸媽 104
小我五歲的弟弟 110
被討厭的人 117
那七年 123
在十七歲離家出走 132

我被哥哥撞見跟男友的初夜 138
總在片刻之間 143
第一次失戀和長大 149
永遠不要委屈自己迎合愛情 154
說不離開的人最後說了抱歉 160
給毛小孩的信 165
我想嫁給我爸 171
我過得很好你放心走 176
後記・致敬這場絢爛花火 182

羊皮紙的浪漫

我是一個大學生，今年大三，想講一下跟我男朋友的故事。

跟我男朋友是在迎新時認識，我念國文系，而他是外語系，所以精準來說，我們是在廁所門口認識的。記得好像當時就只是一個看對眼，我們直接就交換了彼此的聯繫方式，回想起來我真的就是慶幸那天早上有喝早餐店大冰奶。

剛開始聊天的時候，我們的話題只圍繞在吃了嗎、早安晚安、要睡了，甚至根本不是話題的話題。

直到大一下某堂通識課，剛好要兩兩一組，我們正好坐到一起，

所以就被助教分配到一組。因爲查資料的關係，持續很長一段時間我們每天相約八點在圖書館見，可能是國文系的關係吧，我一直很喜歡有氣質且愛看書的男生，而他正好就是這樣的人。

確定自己喜歡他是某次在圖書館讀書，當時靠室內的位子都沒有了，於是我們坐去窗邊，他說他不想我曬到太陽，所以主動坐了靠窗，陽光灑在他側臉的瞬間，眞的很美，好像就是從那時候開始心動的。

慢慢了解後，發現他除了喜歡英文文學，同樣也喜歡國文文選，喜歡現代詩選，喜歡紅樓夢，喜歡所有關於中文的作品。

好多個月後他請我室友拿了一封信和一本三毛的書給我，信裡是復古羊皮紙和傳統墨水有點暈開的字跡。

「我聽說妳喜歡三毛，希望妳也可以像喜歡三毛一樣，喜歡我。」

我一路狂奔，一向痛恨跑步的我卻不顧心臟的狂跳，用超快的速度跑到男生宿舍。

「白痴！就算我沒有喜歡三毛，我也喜歡你！很喜歡你！」

走到現在我們交往兩年多了，我只想對他說：

「雖然你眞的很帥，但你的字眞的很醜！」

「我愛你刻進骨子，就像墨水滲進纖維。」

親愛的公主大人

「以後不要再出來玩了啦。」迪士尼門外她對我說。

「爲……爲什麼啊。」今天早上在園區我們的確有吵架，但有嚴重到以後都不能出來玩嗎？還是我今天早上襪子沒洗？想吃飯了嗎？腳很酸嗎？該不會要分手吧！心底成千上萬的OS奔騰而過。

「眞的太冷了，而且你要幫我拿好多東西欸。」她搓搓手，逕自往前走。

「你尬麻？快點過來啊。」她停住轉過來招招手。

「阿？喔好來了。」

跑到她身邊，她把我的手塞進自己的口袋。

這就是我家的公主大人。

總是自顧自地做事情，講話沒聽清楚她就不會再說第二次了，還有像是如果工作沒做完，她是絕對不可能離開房間的，等到飯菜都涼掉，我開始有點生氣不耐煩她才會變身小貓跑來蹭蹭我，跟我撒嬌道歉。

在她十歲的時後，遭遇父母離異，法官將她判給了爸爸，那個在往後十年裡，對她拳打腳踢、惡言相向的爸爸。

「媽媽我求求妳，睡路邊我也可以。」這一幕發生在她十一歲，她連夜跑到媽媽家哭訴。

「可是怎麼可能呢，我的錢連我自己都不夠用。」

「我繳不起她的學費，租不起房子。」

「沒有能力的保護，都只是空談。」她媽媽這麼對我說。

不清楚是不是媽媽無意間灌輸了這個觀念給她，她一直堅信有錢才有愛，所以總是很努力賺錢的讓愛不只是個軀殼。

不過她當然也有以爲只要相愛就能抵歲月漫長的時期，跟上一段關係結束後，她在無名小站裡留下許多自己內心身處，失望、陰暗、委屈的字句。而這些早在我追她的時候就都被我看光了，直到無名小站結束的那天我才把這些給她看。

「齁你不要看啦，以前不懂事啦。」她臉紅的搶回平板。

「都看完了啦。」

「那麼多都看完了?!」

「嗯，妳辛苦了。」「以後有我在了，不用怕，妳可以說。」

「可以問問爲什麼選擇我嗎？」求婚後我問了她。
「嗯～應該是有一次，我們去看電影。」
「但因爲我化妝遲到沒空買爆米花。」
「當時我就很羨慕旁邊的人有爆米花吃。」
「原本想說算了。」
「結果電影開播半小時你就不見了。」
「我那時候以爲你不要我了，在影廳裡一直哭。」
「十分鐘後你卻抱著特大桶的爆米花回來。」
「那是你最喜歡的電影欸，還願意漏掉劇情只爲了滿足我。」
「那一刻我就覺得是你了。」
「是不是超級幼稚哈哈。」她躺到床上。
「好像……好像是滿幼稚的齁。」我看著她說。

可她不知道的是，我同樣在那個時刻決定就是她了，抱著兩桶爆米花回影廳發現她哭了，原來是以爲我不要她了，那個瞬間我就覺得我要好好對這個女生一輩子，對那個吃醋死不說，只是自己偷偷生悶氣；還有偷偷送外送想賺我生日禮物的錢，被我發現後還嘴硬說只是長比較像而已的女孩。

嘿，親愛的公主大人，謝謝妳有等到讓我找到妳。

答應妳，這輩子都只對妳好，不會再讓妳有偷偷吃醋的機會。

讓我們的愛，去抵禦歲月漫長吧。

「晚霞和百合共繪浪漫，而妳是我藏於心底的愛意氾濫。」

薔薇不用長高，晚霞自會弓腰

我的現任女友很多疑，常常被偷罵有公主病、無理取鬧。

「她那麼管你，你可以喔？」某次女朋友打來查崗時朋友問。

「喔可以啊。」我是眞心的覺得這沒什麼。

她是我的大學學妹，一次聯誼認識的，很安靜很漂亮，站在那裡像一朵花。抽鑰匙的環節，她抽到我的鑰匙，按規則，我必須把她安全送回宿舍。可是她跟我說她不敢坐摩托車，那怎麼辦呢？沒辦法，我拉著我的小綿羊，陪她從十公里外的後山走回學校，到宿舍的時候已經凌晨兩點了，宿舍早就關門了。思索再三後我帶她回我在校外租的小房子。

那天晚上，兩個陌生人徹夜長談，訴說彼此的過去。

原來，她被前任男友劈腿，對方是她的高中同學，剛在一起時還很甜蜜，沒過多久她的前男友就劈腿了，也沒有想要隱藏，總是大剌剌的在她面前打電話，可是她總選擇走回房間，隔天早上仍跟他道早安，假裝無事發生，後來她前任男友甚至公開發了劈腿對象的合照，而當時的他們還沒分手。

故事聽到這，我尋思爲什麼不直接分手就好了，沈默良久後她開口：「我以爲他會變回以前那樣。」

結局呢，當然是沒有，男孩強迫女孩說出分手後，竟然在社交軟體上大作文章說女孩有多過分，自己那麼愛她還被分手，就從那時起女孩告訴自己不能夠再相信別人。

好久以後每當她回想起那一晚我們交流彼此的故事，就常感嘆自己第一次跟別人見面就透露了那麼多事情，一定是因爲神知道我就是她要遇見的人。

到現在我們交往三年，過程中免不了的爭吵和不合，可我們也在磨合中更加貼近，我已經準備好在她下週二十五歲生日會上向她求婚，因爲我也同樣認爲她是神預備給我的女孩子，我得好好把她留在身邊。

所以，

伍〇〇，妳願意嫁給我嗎？

「人生很長，總會有人願意用一生解開妳的枷鎖。」

理科男也有愛情

本人理科男，獅子座，大學剛畢業。

「在生物學裡如果一個人沒有噴香水，你還能聞到他的味道，那麼證明你的基因選擇了他，而在量子力學裡，當一個人足夠想念你，那麼他就可以抵達你的夢境。」這是在我高中時學到的，剛好那時我有個喜歡的女生，身上常常有一股清香檸檬味，第一次聞到的時候我就知道，我的基因選擇了她，現在想想眞的是羞恥滿點。

結果呢？

痾……沒追到，甚至高中三年都沒說過話，但她可沒少來我的夢裡作客，所以我一直幻想總有一天她會跟我在一起，直到高二，她交了一個女朋友。

等等……她是同性戀？

這裡請容許我白癡的刻板印象，但同性戀不是都留短髮、穿褲裝、像男生嗎，她欸……她是多少人的女神啊，長髮飄飄、超有氣質的她欸。

當天回家後我花三小時爬了文，原來同性戀有分短髮的跟看不出來的那種，明顯她屬於後者，當天晚上我感覺好像嚐到失戀的味道，哭了一整晚。

上大學我幸運的和她考到同一所，想盡辦法跟她室友混熟後得知她喜歡學校附近的山豬蛋餅，爲此我每天早上準時五點起床，八點在宿舍門口等她，後來又得知她喜歡小說，直接花了三千包下一整套書，那時我每天打三份工，臉上也留下出門會嚇到別人的黑眼圈。

有一回我照往常拿了山豬蛋餅給她的時候，她邀請我到中庭噴水池一起吃，掰開竹筷子後遞一根給我，就這樣默默地一人一個吃到剩下最後一塊。

「妳吃。」我推給她。

「你吃吧，謝謝你這學期一直送早餐和送禮物，之後不要送了。」她把早餐盒遞給我。

「妳在生氣嗎？」我真的快嚇尿，她該不會討厭我吧。

「沒有。我只是覺得不該這樣，好像在利用你。」

「但我很喜歡……很喜歡喜歡……痾喜歡幫妳買早餐啊！」欲言

又止的話最後還是沒有勇氣說出口。

「但我喜歡的是你，又不是山豬蛋餅餃。」她踢了踢椅腳。

「蛤？妳剛剛說什麼？」我緊張的確認一次。

「你沒聽到就算了。」

「我有我有！可是……妳不是喜歡女生嗎？」我壓抑著雀躍到不自覺上揚的嘴角。

「白痴你怎麼考上台大的啊，阿是沒聽過雙性戀喔」她大力的扒了我的頭。

「蛤」我還真的沒有考慮過什麼雙性戀，雙性戀是什麼？

「要不要啦，不要的話我要回宿舍了」她身體傾向我，身上散發出高中時聞過的檸檬香氣。

「我要我要！當然要。」我低頭吻她的嘴唇。

「欸如果你剛剛沒答應我，我眞的會揍爆你。」坐了良久後，她突然開口。

「阿不可能啦，妳看妳都把我身上的味道聞走，還擅自跑進我夢裡，害我高中後就再也沒夢到過宋慧喬，不在一起我根本虧本。」我嬉笑地說。

「你在說什麼啦！所以現在是我的錯嗎？」她揪住我的耳朵。

「欸很痛啦！我的錯啦我的錯啦」奇怪了，她不是很氣質嗎？

那天夕陽把天空染成了一片絢爛的紫紅色，太陽依偎著地平線下沉，年久失修的噴泉在那天噴出了燦爛的水柱，水滴沿著風滴落到她的白襯衫，泛出透裡的白皙，散出淸香的檸檬香氣。

「與妳同行的軌跡，我想我找到了愛情的真諦。」

從制服到婚紗

「您好，妳是？」

「新娘的高中同學，這個。」我指向我的名字。

「好的，這邊請。」工作人員領我進到宴會場，是她最喜歡的中式風格，略算了一下後大概是五十桌。從國小同學到同事桌都有，但唯獨缺少了高中同學桌，我被工作人員安置在快樂夥伴桌，身邊都是成雙成對的朋友團，而我卻一個人都認不得，只能尷尬的滑手機。

「嘿，可以坐這裡嗎」我抬起頭，看到一個清秀可愛的女孩，那是高一，在女生出奇少的科學班，我們倆自然就成爲朋友。其實我從小就一直有社交恐懼，從小到大因爲都不主動社交，所以也沒什麼朋友。

「當然」雖然沒表現出來，但當下我的內心雀躍到快爆炸，她是貝，一個內心跟外表呈現巨大反差的人，外表看似乾乾淨淨，內心卻是個潑辣瘋子。

但不可否認的是，她是個很細心的人。

當時準備分組考試，我沒時間運動，身材嚴重走樣，常被好幾個男生指指點點，她會直接走到他們面前。

「跨殺〇，沒身材沒顏值沒腦的。」那些男生們每次看到她來了，就會自動閉上嘴，準備好又要被大肆羞辱一番。

高二能力分班後，我到了年級最好的班，而她被分到了放牛班，縱使每天下課還是會一起聊天，但我們都感受的出來，我們的生活裂縫越來越大，她的話題總是圍繞在男生和派對，我卻只能點點頭，無法參與她的生活，不過就算隔閡越來越寬，她還是像以往一樣的講義氣，一聽說我被欺負就立刻衝去找欺負我的人，有時候甚至還需要我拉住她。雖然聊天和生活的距離越來越遠，可我們還是非常要好，一直到她要休學那天。

「這個送妳。」有一天她拿了一台諾基雅給我，對當時的高中生來說，有手機是可想不可得的夢。

「不可以啦，這個很貴。」我趕快還她。

「沒事啦，這我偷我哥的錢買的」

「白癡喔，不要啦，妳不要鬧了，妳退掉去還妳哥錢啦。」

「收著嗎，好嗎，不然我也不知道以後要怎麼樣找到妳了。」認識兩年，我頭一回看到她哭了。

「好吧……」看到她哭了，除了慌張，更多的是捨不得，縱然當時年紀不大，但我見過太多畢業即失聯的人，基於不想跟她失聯，我還是勉強收下了那台手機，跟她抱在一起哭了好久。

後來我去打工拿錢還給她哥哥，她哥哥卻對我說。

「所以她那時候不吃飯偷偷打工存錢就是買手機給妳？」她哥哥看起來很驚訝也很疑惑。

「咦？啊她不是偷你的錢買的嗎？」我也很驚訝。

「我哪有這麼多錢，她是自己偷偷打工存的」

「當時被我爸發現還被毒打一頓哈哈」她哥哥對我說。

可是沒過多久我們還是散了，沒有吵架，沒有不合，就只是生活圈不一樣了，她為了謀生到夜店工作，而我卻一路讀書到研究所後成爲了一名諮商師，各自都在爲謀口飯拼命，也忘記從哪時開始，就再也閒不出時間相聚，從此就斷聯。

直到我的簡訊傳來一封喜帖。

婚禮結束後，她一個一個發禮物給大家。

「給妳」她走到我面前。

「不行啦。」我推回那個比別人都大包的紙袋。

「我結婚欸，妳這樣對我沒禮貌喔。」她露出笑臉。就像那天開學，她跟我打招呼時的臉。

「好吧，新婚快樂誒」

「話說妳後來怎麼樣了」還是從前那個她，不管婚紗裙子，大剌剌一屁股就坐到我旁邊的椅子上。

「還行吧，當了諮商師」

「厲害了我的姐妹！」她對我豎起拇指。

「妳呢，過得如何？」我問她。

她說後來因爲不上學了家裡跟她鬧斷關係。

她說她後來在夜店遇到了現在的老公。

她說其實她懷孕了，小孩預計九月份出生。

從她溢出來的笑臉看得出她過得很好，她很快樂，她很幸福。

回家後我拆開禮物，是訂製的相片書，滿滿的都是黑歷史。

「眞的好醜！」我傳了訊息給她。

「哪會！這我們的青春餒」秒讀秒回。

恢復聯繫後，我們又回到從前，每天都得聊上幾句，每個月都得見上幾面，某次見面時，她開口邀請我當她孩子的乾媽。
「當然。」我笑著捏了捏她的臉。

「相信我們都能衝破隔閡，抵達彼此的身邊。」

男人婆

從小學開始，我的綽號就一直是男人婆。

我超級討厭女生裝柔弱的心機，討厭故意的夾子音，打架都是直接又踢又揍，根本不需要什麼抓頭髮的爛招。高中我念的是女校，規定要穿黑色百褶裙，討厭穿裙裝的我總是在裙子裡加一個長運動褲，進校門後就把裙子脫掉只穿運動褲，一方面也是覺得這樣方便打球，卻不小心被很多學妹告白。

大一開學我自己拖著二十五公斤的行李加三公斤的寢具用品，自己爬樓梯抬到三樓的宿舍，看到旁邊的室友都有人幫忙，我雖然有點羨慕，但我完全知道自己就搬得動那些行李。

大二我開始接了商品的業配照片，算是個小小的平面模特，所以當大二搬宿舍的時候，我的東西重達四十公斤，多麼驚人的數字，偏偏大二的宿舍在隔壁新校區的四樓，當時來幫忙的男生們都搶著幫忙搬我室友的東西，他們全部都搬完之後，我的東西還有四大箱，但那些男生幫忙完我室友後就都走光了，當時的宿舍沒有電梯，這意味著我需要自己搬四十公斤走樓梯。

「需要幫忙嗎？」我去系學會拿推車的時候一個低沉聲音在我身後響起。

「不用」我不假思索地回。

「嘿 我知道你自己可以，但讓我幫忙好嗎？」我轉過頭看了那個男生，乾乾淨淨，帶著方框眼鏡，是個有點肌肉但很斯文的男孩。

「爲什麼要幫我搬？」

「喔。剛剛幫妳隔壁同學班宿舍的時候看到妳沒有人幫忙，來來去去自己一個人，怪讓人心疼的。」我聽的好想哭。

「而且我覺得妳應該需要有人陪，也想要有人把妳當女生寵吧。」我沒有回話，但心裡洋出一絲暖流。

「所以請讓我幫忙吧。」沒等我答應他就拿起我的推車往宿舍方向走，不到半小時，那些四十公斤的紙箱就全都搬好了。

那天的夕陽格外漂亮，陽光穿過柳樹的縫隙照射在他的笑臉上，特別讓人心動。

兩個月後，我們就交往了，這一交就是十年，從二十歲到三十歲，就在一切都準備好，要步入婚姻的時候，他的前女友從國外回來，起初他讓我不要擔心，保證絕對不會離開我。

直到他媽媽以死相逼。

想想眞的合理，那個女生學歷高，家境好，舉止優雅，是任誰都會喜歡的。

最後我們以燭光晚餐結束，果然，還是那個忠於浪漫的男孩。那晚我熬夜把所有東西裝箱，連夜折返了四次台北彰化，共用時十個小時，我一滴眼淚都沒掉，只是緊緊咬住下唇到流血。

只過了兩個月，他們就結婚了。

那個曾經用兩個月就陪我十年的男孩，現在要用另一個兩個月陪另個女孩一生了。

可我的青春卻永遠止步了。

「在那個滿是回憶的十年，我安靜轉頭
向那個幸福的門說了聲：再見。」

純友誼

開始之前想問大家一個問題，你覺得男女有純友誼嗎？
反正我相信是有，我從國小開始就是和男生比較融洽，因爲眞的
很難理解女生在背後偷罵別人表面上卻裝的很好的個性。
除此之外，我跟女生的氣場有夠不合，只要交一個女生朋友，沒
過兩天我一定會想絕交，所以我從小到大的朋友都是男生。
被男生告白也是有過，說說我一個兄弟跟我告白的經驗吧。他跟
我是高中朋友，整天下課都絕對黏在一起那種，好幾次都被認爲
是情侶，上大學後有一天他沒來頭的突然就跟我說。
「欸○○我喜歡妳」
「蛤？」我當下只是非常傻眼。

「要不要在一起」

「不要，神經。」我是眞的沒有喜歡他。

「喔好吧，那我去喜歡別人。」我翻了個史上無敵大白眼。

「你眞的會被當成渣男。」我好心提醒他。

「啊我能怎樣！女友超難交到的好嗎？」

可在下半年，他居然追到了數學系女神，從此綽號變成馬子狗，因爲他總是把女友放得比自己前面，明明討厭喝氣泡飲料，但只要女友喝不完給他，他絕對灌到一滴不剩，諸如此類的事還有很多，但他都解釋他只是尊重女友。

大二下，我喜歡上一個大四學長，正好，他也喜歡我，於是不到一個禮拜我就被他追到手，但俗話說「愛情來得快也去得快」，半年後我們就分手了，原因是他不喜歡我身邊的那些兄弟們。

分手那時候學校正好舉辦了一個跟澳洲交換學生的活動，沒想太多也沒告訴別人就報名了，也是想趁這個機會帶自己出去調適心情，順便好好放鬆一下。

明明沒跟任何人說，但到澳洲機場的時候，我竟然看到我那群兄弟們在搬行李。

「白痴喔，你們怎麼在這裡？」

「啊看妳失戀，陪妳出來玩啊。」其中一個男生回應我。

「我現在就不想看到你們啊，你們害我分手還敢說！」

「哎唷，好啦不要生氣，妳這個月伙食我們包啦！」

「不要啦，你們回去啦」我在行李拖運處亂吼亂叫。

「我們會擔心啦，澳洲有些地方比較偏僻，怕妳哪天走在路上被袋鼠撞死我們都不知道。」一個男生搔搔頭有點幹話幹話的說。

看著他我就哭了出來，那時才發現他們一直是默默守在我身後的騎士。

這是我看過能跨過性別的友誼，最美的樣貌。

「我永遠都被這種沒有心機的友誼打動。」

強勢不代表不需要愛

我知道卡卡的原因其實是因爲她在公司風評太差，常有聲音說她很自我，很不合群，從來不跟同事去吃飯，尾牙永遠不會待到結束。一句話總結就是：「天，有夠難搞。」

但無法否認的，她辦事能力很強，是名副其實的女強人。

基於對她的好奇，我非常仔細的去了解她的故事，因爲家庭不合，她從小就格外成熟，十四歲開始跟菜市場阿姨打工，拿著薄薄的薪水袋養活自己的三餐，十五歲上高中後得知學期成績優異可以免學費，所以開始了半工半讀的生活。當然，她成功拿到了免學費的名額。因爲從小了解父母不是提款機，所以大學也都是一肩扛起沉重的住宿費和學貸，也因爲早早就知道沒人能夠幫自己，所以從不隨便妥協，對於甲方不合理的要求也是一律拒絕。

在上一次的尾牙，還在抽獎環節時她卻起身走了，身邊的同事早就見怪不怪，瞄了一眼就轉頭，只有我連忙追出去問。

「還是把機會留給在雨中跑的人吧。」她對我說。

那一刻我才瞭解原來這麼剛強的她也有柔軟的一面，原來那些難溝通、固執、強勢，都是她有愛的保護殼，難溝通是怕自己手下的員工受到委屈，強勢是因爲了解弱肉強食的生存規矩。

後來吧，大家做夢都沒想到的是，她被求婚了，一個交往五年的男朋友。

在結婚典禮上，她男朋友，喔抱歉，她先生很嚴肅的對她說：「不管妳有多大的傷，有多醜的疤，那不影響我愛妳的堅定，親愛的，妳的故事，我非常願意聽。」

結婚典禮上她哭的一把鼻涕一把眼淚，但好強的她硬是轉過身沒讓我們看見。

「歷練割出了無法復原的疤，而那正是我愛妳的模樣。」

你才不醜，醜的是自卑

從小到大我一直都是同學嘴裡「那個誰」，是毫無記憶點的臨演，也是班上永遠不會有人意識到請假的「那位同學」。

這些我一直都知道，照照鏡子，答案明顯的都在裡頭，可是我同時也是個活脫脫的外貿協會，也跟別的女生一樣喜歡隔壁班的班草。其實他並不是一眼就會愛上的類型，跟花澤類比起來，他更像西門一些，身上自帶一種富家子弟的氣質。

不過我眞正喜歡他的原因不是那個氣質，而是有一次班上同學玩大冒險打賭一整個上午都不會有人來找我說話。

體育課時，我跟以往一樣，獨自坐在樓梯上看他們打球，背後聽得見竊竊私語何必打這麼沒必要的賭，我這麼醜，根本就不會有人來找我說話。

可能是聊著聊著沒話題了，他們開始談論我臉上的痘印，身上的疤痕，黃皮膚的身體和骷髏的身材，嘻笑聲越來越大，甚至跑到我面前光明正大的數我臉上的痘疤，還假裝好意的點評我錯誤的保養方式。

「幼稚死了，真的是沒事做。」突然，一個渾厚低沉的聲音從我頭頂響起。他拿一瓶運動飲料冰了一下我因為被嘲笑而泛紅的臉頰，然後坐在我旁邊拿毛巾擦他的汗。

「謝謝你」我輕聲說。

「蛤？喔，喔沒事啦，但他們爲什麼要笑你。」他擺擺手。

「因爲我長得不好看吧。」我低下頭。

「不會啊，頭抬起來我看一下。」他挑起我的下巴「我覺得很可愛欸，你這樣說是在汙辱我的審美嗎哈哈哈」我臉紅的低下頭，心裡卻有一種前所未有過溫暖的味道。

後來他時常下課來找我，叫我陪他去買運動飲料，其實我知道他只是怕我繼續被別人說閒話，可我卻開始幻想自己有一天能和他走到一起。

不過同時間我並沒有因爲跟他變得親近而放下自卑，我甚至比從前都更加自卑，也知道背後的閒言閒語更變本加厲。

「不是啊，所以妳到底在自卑什麼？」有一天他突然問我。

「我真的很不好看，皮膚顏色醜，身材也不好。」

片刻思考後他很真誠地看著我：「其實那些都是你想像出來的，妳真正讓人不喜歡的，是彎腰駝背和垂頭喪氣。」

高二下我去矯正了駝背和大量的看皮膚科養皮膚，雖然結局稱不上多起眼，但已經足夠讓我混進一些班上的女生團。

高三學測後放榜成績出爐，我並沒有如願以償跟他考去同一所大學，於是我就心想在畢業那天告白，這樣就算被拒絕，以後也不會見面了，就算可能真的會遺憾，但沒說出口的心意可能會更遺憾吧。

畢業那天，很多人圍在他身邊想跟他合照，他卻在一看到我的瞬間就朝我跑來。
「我……」我們竟同時開口。
「你先說。」他很紳士，一向如此。
「痾……就是那個，我……我很喜歡你。」
「眞的喔，這麼巧，我也是。」他彎下腰看著我。
「眞的？你有在玩眞心話大冒險嗎？」我緊張又期待的問。
「有啊」他回答。
「痾喔。」我尷尬又失望的撓著手，是啊，他是誰，我是誰。
「但這次我選的是眞心話。」
「其實在那次體育課前我就有在注意你了，我很喜歡你的身材，很喜歡你的膚色，很喜歡你的痘疤，很喜歡你的全部，很喜歡，很喜歡。」認識他這麼久，我第一次看見他害羞，臉紅紅的很可愛。
「白癡喔，如果你真的在玩大冒險我一定會揍你。」不起眼的幾句話卻讓我哽咽，但也不忘記烙狠話。
「知道了，女朋友大人。」他摸摸我的頭，自拍下了我哭的糗樣，設定成朋友圈壁紙，掛上穩交的標籤。
一直到現在。

「別自卑了，自卑真的不好看。」

一起愛上那個不確定的生活吧

可可是一個旅行家，一個敢自己前往米蘭看時尚秀，敢獨自前往孤島撫摸鯊魚的角，敢自己到好萊塢追尋演員夢的旅行家。

她的社群軟體每天都更新不同地方的風景，有芬蘭的白雪皚皚、加州的火山融融，甚至海上的郵輪派對。

有一回朋友的爸爸重新開幕咖啡廳，我們都以爲身在美國的她不會回來參加，畢竟我們不認爲這是什麼大事，但在拉彩炮慶開幕之前五分鐘，她拖著兩個托運行李箱氣喘吁吁的趕來。

當時在場所有人都嚇到了，畢竟她昨晚更新的照片還在紐約街頭。

開幕結束後，我陪她回到桃園機場。

「妳爲甚麼這麼執著於出去旅行啊，不同的地區和語言都要很大的勇氣適應欸。」這是我一直想問的問題。

「你知道嗎，如果不是我眞的出去看看，我是眞的以爲人生只有上班和回家。」

隔天她的社群又分享了她在加拿大蒙特婁的庫爾邦斯市場喝咖啡，而我往下滑動她的社群，全都是令人驚艷的照片。

而這些照片是就坐在辦公室裡朝九晚五的人不會體驗到的美景，她這麼對我說。

所以大概在半年前我辭掉了五年的公務員工作。

「你瘋了嗎？公務員哪裡不好，你鐵飯碗欸，我們都沒有欸！」一次出去吃飯時朋友對我說的。是啊。薪水有保障，不必擔心何時被裁員，退休還有退休金。

可是，我實在太想去看看這個世界了。看看鯨魚在我面前撲騰浪花，看看冰島的極光如何照亮永夜，看看加拿大的楓葉應風飄落，我想看看除了兩點一線以外的夕陽美景。

想像可可一樣，去尋找幻想中的自由風景。

過去半年我執行了無規劃流浪世界計畫，我想我找到了將平平無奇的樸素變成美景的方法。

那就是去接受，去失敗，去無助，去勇敢，去熱愛自己的全世界，儘管是樸素、痛苦、枯燥的全世界。

用更強大和平靜的內心，愛上這個世界的每個地方和每種語言，也愛上除了兩點一線以外，極不安穩的風景。

「讓我們以更平靜也更強大的內心，去酷愛我們不確定的世界吧。」

終於選擇放手的那天

我姊是一個超級戀愛腦，但在戀愛腦這個特質被發掘前，我姊是活脫脫的理工女，很理工的那種。

所以當她第一次帶男朋友回家的時候，我完全嚇壞了，看著我姊挽著那個男生的手我真的嘴巴合不起來。

「你尬麻那個表情。」我姐在送走那個男生後轉頭看著我。

「欸姐，你該不會是花錢雇來的吧。」

「哼拜託，你姐我誰。」我姐撩了一下長髮。

「不要撥你的頭髮了，等下媽媽進來掃地又要罵。」我翻了個大白眼。

他是我姊的國中同學，後來工作場合又意外碰面，熟識了半年後

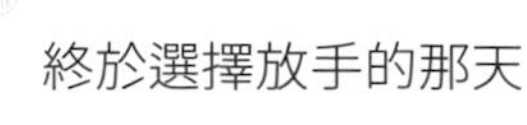

就決定要在一起。說實話他還滿好的，氣質乾乾淨淨，聽說是個正在創業的藝術家，脾氣也眞的很不錯。

而反觀我姊就是個從小到大就是跟愛情完全擦不上邊的人，她邋遢懶惰，吃飯還會把腳跨到桌上，看個鬼片叫到我媽以爲我們家房子垮了。

「你不懂你姊。」我姊男朋友在一次聽完我的抱怨後笑說：「她很敏感，很脆弱，很需要愛。」痾……我姊有這樣嗎？

在一起半年後男生就向阿我姊求婚，我對他的稱呼也從哥哥改成姐夫，看著我姊去拍的婚紗照，我眞的是做夢都沒想到她眞的會結婚，她以前明明是堅持說不婚的。

結婚一年半後的某一天下午，我姊哭著躲回自己的房間，我去敲了門，她並沒有應聲，而半小時後我媽去敲了門，我姊卻直接開門讓她進房，還不忘鎖上房門，眞是的，我到底是不是親弟啊。

大概一小時後，我媽從房間裡走出來，小聲告訴我她離婚了。

「蛤？」這是我當下唯一的反應，我媽嘆了口氣就走回自己的房間，我也不好去問，所以後來我去問了我姊的「前夫」，原來是我姊太獨立讓他感受不到自己有被需要，而我姊也逐漸受不了他所謂的藝術夢想，畢竟結婚不是扮家家酒，是攸關兩個人甚至兩家子的事。

五年後的現在，我姊成爲了一個業內前三大的公司經理，那個男生當然也有回來找過我姊，那天的景象我記得非常淸楚，男生哭著拉著我姊的手，我姊卻對他說：「我們是眞的不適合，你眞的很好，但我不是對的人，我很愛你，但因爲我愛你，所以我選擇讓你走，讓你去遇到比我更對的人。」

今天，他要結婚，邀請我姊和她男朋友一起去他們的婚禮，在新郎致詞時間，他對著他的新娘說：「我愛你，所以我要把妳留在我的身邊，妳就是那個對的人。」說完，他朝了我姊看一眼，隨後把眼睛聚焦在新娘身上，我看得到我姊嘴角淺淺的微笑，那是屬於他們的默契。

「恭喜你啦。祝你幸福。」我看到我姊傳了一則短信給他。

「愛過了，所以我選擇讓你走。」

什麼都沒有的虛榮年紀

疫情爆發那年我爸爸失業了，公司倒閉被裁員。

但在這之前我們家一直是過著小康以上富裕未滿的生活，不必擔心吃穿，偶爾還能有不錯的娛樂消費，定期請同學吃喝也不在話下。

爸爸從小就比較愛面子，所以也沒告訴媽媽，每天早上七點打好領帶出門，晚上六點回家，媽媽也一直沒有發現爸爸失業，直到隔月月初薪水沒進戶頭，爸爸才心虛說了出來。

「芸芸最近得省著花錢了，家裡沒辦法匯錢給你了。」一通電話無預警的觸發我的焦慮神經。

可能是遺傳到爸爸愛面子的個性，我不敢告訴朋友我沒有錢了，只是找大學附近還有打工的工作，每天超商店員凌晨班、火鍋店盤點班無日夜的工作。

吃飯怎麼辦，學校食堂賣五十元我根本負擔不起，只能吃超商的員工折扣餐，有一餐算一餐的走。

某天我發現我的折扣餐卡上多出了一大筆額度，我一直以爲是公司新發放的，直到某天店長單獨找問我是不是有困難。

原來那些額度是同事們各分出一半送給我的，當下我就在超商倉儲區哭了起來。

「ㄟ別哭別哭，怎麼了，有事店長罩阿。」一聽到這話，我哭得更加激動，弄的店長手忙腳亂。

隔天我去找了同事們道謝，他們說是看我常常只拿超商最便宜的泡麵或飯糰就當一餐，一開始以爲我是有朋友要用折扣，後來才發現我連宿舍都住不起，長期住在倉儲區。

大學畢業後我離開了台北回到台南，爸媽也找到了工作，日子不再需要靠折扣吃飯，之後有點能力後也出過好幾次國，但吃遍天下的山珍海味，都沒能再找到當時躲在儲倉吃飯的味道。

其實像是這樣的故事，很多人跟我分享，我有一個朋友「情」，某一次回母校參加校慶的時候，在校門口看到賣二十元一隻的棉花糖老爺爺，那個攤子幾乎沒有人光顧，可能是因爲旁邊有更吸眼球的小吃吧，情看見後走過去買了好幾十隻，爺爺不停的跟她道謝，說他擺了一整個上午都沒有人要找他買，平日放在學校周遭賣又會被警衛趕走，他哽咽地說他也只是想要糊口，沒有要多賺錢，爲什麼大家都買一百塊的冰淇淋而不買他的棉花糖，情思考了很久，最後什麼也沒說出口，拿著幾十根棉花糖，說了聲謝謝就走了。

情說她也不知道爺爺那天還有沒有賣出其他棉花糖，只知道下次的校慶，爺爺已經沒有在那裡了。

我一直很想說的事情是，我們在新聞上看到那麼多的人沒有飯吃、沒有家住，甚至是經歷戰爭和殺謬，我們到底有沒有眞的換位思考他們的立場，還是新聞影片看完了就自動播放下則娛樂短片，就像看過去就沒事了一樣。

在青少年這個年紀，不得不承認，是很愛慕虛榮的年紀，堅持物品要用正版的，刷著爸媽的卡片買奢侈消費品，用這樣的方式獲得榮耀感，但這樣的我們眞的沒看見有多少人爲了吃到一口飯在玩命。

我承認曾經也同樣因爲沒買到喜歡的專輯預購禮而懊惱，因爲牛肉的分量太少而挑惕，因爲遊戲輸了生氣，可是後來我發現在我懊惱專輯時，有好多人根本聽不見也看不見，在我挑剔牛肉時，有很多人正在活活的被餓死，在我氣憤輸掉遊戲時，世界的另個角落，有一群人正在經歷眞正的殺戮遊戲，我只是想說其實我們有的東西，足夠多了，眞的。

「其實在最虛榮的年紀，我們什麼都有了。」

溫柔並不是妥協

「溫柔是一種選擇，但不是選擇妥協，而是在慌亂的生活裡，從容不迫的選擇平靜。」

上週二絨的二十歲生日會，一個有點狼狽的男生打開門，從絨的表情裡，我明顯的看出來他並不是絨所邀請的人。

樂團鼓譟的音樂還在繼續播放，舞池中的人群還在跳舞。只有坐在沙發上休息的我發現氣氛的不對勁，在大家的印象裡，絨一直是一個輕聲細語、溫溫柔柔、有點可愛的傻傻女孩，沒有人不喜歡她，所以當我在生日會看到那一幕時，說實話，我是有些被嚇到的。

派對結束後我單獨問了絨那晚那男生的事情。那個男生是她的高中同學，一直都很自我，不管是做報告或是寫小論文，他從來都不理會別人的看法，而在一次的專題報告中，男生未經討論就大幅度的修改了絨和其他組員花好幾個晚上討論出的文案，當時絨和其他組員全部傻了眼，更誇張的是，男生竟然在老師批評完報告後，把錯全推給絨和其他組員。

絨是個很有禮貌的人，她知道不能在辦公室裡大聲喧嘩，所以直到離開辦公室後才質問男生爲什麼不願意負責任，男生當然也不甘示弱的說回去，說因爲絨和其他組員都沒有參與討論，讓他自己一個人處理，他才會處理的不好，所以一切都是絨和其他組員的問題。

最後報告雖然還是在勉強中低空飛過標準線，但絨和男生也陷入冷戰，一直到畢業都沒有解開心結。

那天生日會，男生特意來道歉，絨也沒多說什麼，只是給了那個男生一個擁抱，並邀請他進來參加生日會，不過不知道是不是因爲羞愧，男生搖搖頭就轉身走了，離開的時候，男生的臉頰被燈光照出了兩條淚痕。我有看見。

「其實根本不是什麼大事，我早就忘了。」

「妳到底爲什麼這麼溫柔，這麼好？」我是眞心想知道。

「嗯……你們常常說我很溫柔，但我溫柔其實不是因爲我很隨性或我很笨，而是我很願意用溫柔來擁抱這個都是碎片的生活，我很相信總有天生活會溫柔的回擁我，這是我媽媽告訴我的。」
那是絨的人生哲學。
也是傻裡傻氣的她被歷練過後還用盡全力保住的溫柔。

「溫柔其實很不簡單，那得要經歷很多破碎。」

我超討厭我哥哥

不知道爲什麼，每個女孩子好像都想要一個哥哥，父母好像也都喜歡小孩是一對兄妹。

小時候跟著媽媽一起看劇都會看到偶像劇裡哥哥的角色就是很溫柔、會照顧妹妹、很會處理事情。

但是！我哥哥偏不是，他只會在我用完離子夾後騷亂我的頭髮，在我開學日把鬧鐘關掉害我被罰站，在我第一次交男友的時候跑去跟爸媽告狀，結果我只和我的初戀在一起半天。

出社會後我們各奔東西，我哥去了澳洲，而我則留在台北工作，我的工作待遇已經算是不錯，但每年放假他回家還是免不了羞辱我的薪水一番。

雖然眞的很不想承認，但我哥的辦事效率是眞的很強，是個眞正的工作狂，所以我的婚禮他不能來我是眞的也不意外。

婚禮櫃檯人員送來了一封信，裡面包著十二萬八千元的支票和一張雪梨歌劇院的明信片，作爲交換，我寄了一張我和我先生的婚禮照片給他，畢竟還是要表面上讓他有參加我婚禮的感覺。

婚禮後好幾個禮拜我朋友才告訴我其實當天他有來，站在最靠廚房的角落，眼淚從眼角偷偷滑下。

又問了爸爸後，爸爸才告訴我其實小時候他把鬧鐘關掉是因爲我有酒槽肌膚，不能站在太陽下太久，想藉此讓我錯過開學典禮；努力讓我和初戀分手是因爲知道那個男生很喜歡玩弄女生的感情，知道他不是好人，我爸爸會一口答應我先生的婚禮也是因爲我哥說這個人可以。

回家逼問後我先生，他才向我坦承其實我哥私下有偷偷回台灣找過他吃飯，奪命連環問了很多問題，又提醒了很多我的事情，像是我不吃海鮮、會怕黑、有貧血、有酒槽所以絕對不能讓我站在太陽下太久，還和我先生談了很多規則，不可以打我和兇我，不可以強迫我等等霸王條款。

現在我已經三十好幾了，他卻還是不改本色，喜歡偷偷回來躲在我家嚇我，跟我先生串通好搞失蹤整整一天去網咖玩，諸如此類的幼稚舉止還是每天都在發生。

他眞的超幼稚也超討厭。
但他也眞的對我超好的。

「長大後才發現原來越討厭的才最刻骨銘心。」

人間有你才是人間

爺爺是軍人，就跟大家想像的一樣，是個非常冷酷的老古板，跟其他溫柔爺爺的形象不一樣，他對自己的孫子女非常嚴格，對自己的行爲舉止也非常謹愼，都已經八十幾歲了還是每天六點準時起床，出去走兩小時的路，洗澡永遠只洗冷水五分鐘，也要求我們做事要有效率。

反正就是個不苟言笑的人，要盧很久他才會勉爲其難幫你，但我活到現在，從來沒看過他兇過我奶奶，就算我奶奶煮飯忘記關火，差點釀成火災，他也沒多說話，叫我奶奶安心繼續睡，自己跑去處理慘不忍睹的瓦斯爐。

大學畢旅我跟朋友去了日本的環球影城爆買哈利波特周邊，回家後被我爸媽罵的半死，就只有爺爺突然開口。

「啊唷沒關係啦，樂樂長大了啊～～」

當時全家人包括我都嚇到了，身爲最現實最古板的爺爺居然支持我，晚飯結束後爺爺走進我房間問我。

「樂樂啊，啊你那個哈利波特是在哪裡買的？」天阿，我眞的快嚇尿。

「在日本買的，我有預算的，我沒有亂花錢。」嚇到我趕快解釋清楚。

「這樣啊，啊你什麼時候還會再去日本，可以幫爺爺帶幾個回來嗎」

「蛤喔沒問題啊，阿怎麼突然喜歡哈利波特？」過問後才知道因爲奶奶爲了接近我的生活看了哈利波特，結果卻開始羨慕劇情裡的人都有很多朋友，爺爺看的很不捨，就決定要買很多角色公仔來陪奶奶。

「這樣看到房間有很多公仔陪她就不會孤單了吧」我本來想跟爺爺說公仔跟人應該是不一樣的感覺，但想想還是算了。

隔年我從日本抱回一整箱哈利波特的時候，又再度被爸媽臭罵一頓，好在講清楚原因後他們看似還挺感動。

而我奶奶，是個超健忘的人，早上才說要去魚市場挑魚，結果兩個小時後抱回了一堆青菜，還有交代過很多次垃圾車五點會來，結果晚餐時間卻跟我們分享她五點跑出去散步到七點，嫌垃圾車怎麼都不等人的，導致我們家後來不得已付錢拜託鄰居幫我們倒垃圾，諸如此類的事情還有很多，但奶奶卻神奇的從來不忘記爺爺喜歡吃青菜，越鹹越好，喜歡喝酒，酷愛水果酒，卻都把第一口和最後一口留給奶奶，喜歡麻將打贏錢的感覺，所以奶奶請我多陪爺爺，然後塞錢給我讓我多輸一點，一直到爺爺失智前都是這樣的。

爺爺在八十五歲開始失智，最一開始是忘記回家的路，後來慢慢的忘記他自己是誰，最後什麼都忘記了，忘記我們是誰，忘記要吃飯，最後只記得看到奶奶就會很高興。

有一次爺爺奶奶同時消失了一整天，爸爸差一點就要報警了，準備出發去警局的時候卻看到奶奶牽著爺爺的手慢吞吞的出現在巷子口。

「奶奶，你們跑去哪裡？」我一看到就飛奔過去。

爺爺好像覺得我要傷害奶奶，一隻手就擋在奶奶前面，是奶奶提醒爺爺後爺爺才放下那隻手，繼續玩他的衣角。

「帶你爺爺去成功嶺。」隨後從包裡拿出爺爺年輕時畫給奶奶的地圖紙。

「可是好奇怪，爲什麼以前的田現在都是房子，我繞了好久才找到。」奶奶皺著眉頭看著那張泛黃的紙。

爺爺在一年後走了，奶奶沒什麼反應，好像知道這本來就會發生，很安靜的接受。

在前幾個禮拜過年，親戚們都齊聚一堂，表哥意外翻出了爺爺私藏的水果酒，奶奶說放著也浪費，跟我們說就喝掉吧。

晚餐結束後奶奶自己到廚房清理鍋具，我拿碗去找奶奶的時後發現奶奶哭了，輕問道。

「想爺爺了嗎？」

「沒有啊。」奶奶嘴硬的說。

「但是以前第一口跟最後一口他都會留給我喝的欸」

「現在沒有了」

「都沒有了。」語畢，一行眼淚滑進水槽裡爺爺送奶奶的碗。

「你把黑髮贈與我，我就會以白髮守候相隨。」

還能是朋友嗎

深吸一口氣，我按下了「一鍵刪除」，瞬間關於你的影像從我的手機永久刪除，意外的發現手機多出了好多容量，原來關於你的回憶這麼多。

都二十歲了還那麼幼稚，像國中生一樣。

「欸這五年，謝啦。」你說。

那天你拖著我送你的行李箱站在我們的租屋處，笑著走出那扇門，那是最後一次見到你了。

「欸，以後好好對別的女生」

「不要再已讀不回，就算女生講的是廢話，你也要傳個貼圖」

「紀念日要記得，實在記不得就下載紀念日軟體。」

「仔細一點觀察女生，不要再粗神經白目了」

我隔著紗窗對他說，他還拿記事本記下來。

「嗯！知道了，謝謝妳這五年教我這麼多，之後還要繼續聯絡喔，妳如果結婚要找我致詞喔，哈哈哈，好啦，下次見。」說完，他走出了大門，哐噹一聲關起了鐵門。

當晚，他在社群軟體上發了我們第一次去吃飯的餐廳照片，並打上「我的初戀眞是好女孩，要一起幸福喔。」

我希望你在知道我當晚想跪在你腳邊求你別走，想再一次緊抱著你的慾望，還有根本就不想祝你幸福後還會這麼說。

我還以爲你放不下呢，結果兩天後你的社群卻顯示你出現在日本玩的很開心，所以只有我放不下，只有我的時間被定格，只有我的人生停下了是嗎？

想跟你說，我把頭髮留長了，染黑了，變回我們剛在一起時的樣子，你說是理想型的樣子。

我再也不去那間餐廳，那間你第一次打工攢錢帶我去吃的高級餐廳，因爲我害怕會看到當時的我們，當時還很青澀，當時一頭撞進愛情裡的我們，還有當時還很愛我的你。

我把你叮囑我的語音刪掉了，第一自己出國，你叮囑我要記得帶的東西，還有我最喜歡的那首「蒲公英的約定」，你第一次自彈自唱給我聽。全刪掉了。

我不會再聽了，真的。

真的不能夠再聽了。

「從前以為離別很遠，沒想到才轉眼就是各奔東西。」

最喜歡的人

「啊我記憶力很好你也知道啊，咪咪沒有買貨啦，你不要聽那些人亂講話。」警衛伯伯堅定的對我媽說，等我媽轉過去要上樓梯時，伯伯還對我比了個流行的手指愛心。

這就是我們大樓的警衛伯伯，伯伯不知道有沒有得過世界記憶力大師的獎項，他的記憶力超群，從上百戶的住客到根本長一樣的貓貓狗狗他從來不會認錯。

但這樣的他卻常常忘記我偷帶男生，偷買一大堆東西，偷半夜溜出去的事情，每當我媽跑去問的時候他總說「阿沒有啦，那是隔壁棟的啦，你那些八卦的朋友看錯了，我記憶力很好，不可能不知道，你女兒很乖啦。」唬的我媽一愣一愣的，最後只能搔頭無奈走掉。

國中家裡沒有人的時候我最喜歡跑去櫃檯，坐在伯伯腳邊的小凳子偷吃伯伯幫我買的雞排，伯伯都叫我要躲好，不然我媽的線人眞的很多。

記得有一次營養午餐有個超級好吃的包子，我捨不得吃帶回去給伯伯，伯伯一看到就說「誒這個我女兒也喜歡」，伯伯的女兒如果沒發生意外的話今年應該是二十歲了。

如果沒發生意外的話。

伯伯的女兒在一次走路去補習的路上，被酒駕的卡車撞到，聽說是當場死亡。每次講到這個，伯伯的臉上都會浮現出難過的表情，平常嘻皮笑臉的神情會完全消失。

伯伯告訴我他當然可以選擇完全封閉自己，可以直接從此活在悲痛裡，但他更想選擇把這當成故事。這是我極少數看到伯伯正經的樣子。

已經忘記認識伯伯多久了，只知道有記憶裡他就已經存在了。

那年過年，家家戶戶有的回老家過年，有的決定出去玩，只有少數像我們家親戚齊聚一堂在小小的家裡。

當時媽媽叫我拿點伯伯喜歡的東西下去陪伯伯吃，我開心壞了，終於離看開那個無聊的地方，我拿了好幾個包子給伯伯，還有好多火鍋料跟熱湯。伯伯當時的臉我還記得，笑得像個小孩，好開心好開心的樣子。

拿起包子咬一口時，伯伯把另一個放在旁邊沒人的位子，我知道那是給他女兒的。我們一路邊聊邊吃到住戶們一家一家回來，都是大手牽小手，伯伯看呆了眼，可能是想到以前的自己吧。

到我上大學離開屏東，伯伯都還守在櫃檯，直到有一天媽媽告訴我伯伯要退休了，那天我第一次看到好多好多人塞爆大廳，只為了跟伯伯見最後一面。

離開前伯伯特別叮囑我以後結婚要邀請他，他要看看是哪個男的把他女兒娶回家，那一刻才知道，原來伯伯一直把我當女兒在看待。

可惜伯伯沒等到那一天，兩年後的除夕夜伯伯被發現在家裡燒炭自殺。

就算還是過年期間，幾乎所有住戶都拜訪了伯伯的告別式，連好幾年沒看到在國外工作的鄰居也是。家家戶戶都帶了最澎湃的料理，只有我放了兩個包子，一個給伯伯，一個給我從未見過的伯伯的女兒。

我拼命的微笑，因爲我知道伯伯看到我傷心，自己就會難過。

可是怎麼辦？

我好像快笑不出來了。

我眞的好想你。

好想你再一次變出雞排，叫我趁熱吃，再跟我一起拆包裹，過年再陪我吃一次晚餐，再跟我揮手告別一次。

「別忘記我啊，我還記得你呢」

我的母子戀爸媽

這裡說的母子戀不是眞正的那種母子戀，而是一種形容我爸媽的詞。

我爸爸是一名學校老師，在學校聽說是很有威嚴，學生見到就退三步的英文老師。

我媽媽是戲劇演員，在舞台劇團巡迴演出的，聽說每次演出票難搶到都是要去網咖搶的那種。而爲什麼說是母子戀，因爲我爸爸眞的超級幼稚，超級像媽媽的小朋友。

「爸你在哪？」有一次我打電話給我爸。

「在學校改段考卷」

「你現在有要回家了嗎？」

「沒有沒有，要晚餐以後了。」

「喔好吧，我現在在買雞排，本來要幫你多帶一份的。」

「沒有要接送你喔？」

「沒有……我今天自己搭公車回家了。」

「啊我改完考卷了，哎呀真不小心，還以爲要改到晚上八點，雞排幫我帶兩個，還要百頁豆腐，謝啦。」我爸突然大改口。

「……」好喔。

這只是他幼稚行徑的一小部分。

他會在我洗臉的時候突然站到我身後嚇我，然後再哈哈大笑的走掉，用零用錢買了一堆公仔卻不敢擺出來，只有在被媽媽發現之後再趕快塞ㄋㄞ，這種事情幾乎每天都在上演。

而我媽媽，是個超級媽媽型的人，標準的愛碎碎念，每天晚上準時煮飯給我們吃，每個月發零用錢給我和爸爸，嚴格管控我們家的電費和水費，只要超過一點就從我們零用錢扣。

一個這麼會生活的人怎麼會配上一個這麼幼稚的人呢，我問了媽媽這個問題。

「你不知道爸爸是多好的人。」

「以前劇團不紅的時候，你爸爸會自己買下所有票，那些票總價值可以付他一個月的所有支出。」

「他會在劇場門口發免費的票，拜託大家進來看。」

「表演結束後大部分的人都提早走了，只有你爸爸在台下拼命拍手，拿著我的角色海報瘋狂揮。」

「你看，多麼好的人。」

可是人總是會老，前幾年爸爸退休後就開始失智，是的，他才六十幾歲，被檢查出來的沒幾個月後，爸爸開始變得比以前更像小孩，吃飯會滴口水，去巷口的小七買東西卻忘記回家的路，在門口站了兩個小時才偶遇準備回家的媽媽，也逐漸忘記怎麼說話，用力講話到表情扭曲的臉最後也只能發出咿咿呀呀的聲音。

上週媽媽在電視上回顧以前的演戲紀錄影片，爸爸就乖乖的坐在旁邊發呆，直到媽媽出場，聲音從電視音響播出來的時候，爸爸突然很激動的一直拍手，拿旁邊的衛生紙對電視一直揮。

「牙牙的戲，牙牙的戲！」一邊揮舞還一邊用口齒不清的話跟我說媽媽多漂亮多會演戲多可愛，一直拿著遙控器拜託我去看媽媽的戲。

他忘掉了所有，卻沒有忘掉要愛媽媽。

「為什麼啊……因為那幾年只有你願意在台下為我喝采啊。」

小我五歲的弟弟

我弟弟小我五歲，記得小時候知道有弟弟時超級開心的，還跑到幼稚園跟老師大肆炫耀一番，根本沒想到長大後會變這麼討厭。

小時候我跟弟弟在家裡玩媽媽的口紅，結果我笑太開心一不小心就把口紅折斷，好巧不巧媽媽正好在那時候回到家，我趕快跟弟弟串通說是我們家的貓亂咬的，還在貓咪的臉和手腳上亂抹一點口紅，但媽媽一看到卻直接就問是誰折斷的。

「是達達咬的！」我大聲喊。

「是嗎？今天晚上有冰淇淋喔。」

「是姊姊！姊姊偷玩你的口紅啦！」

「……」「……」好喔。

當天晚上弟弟就吃著冰淇淋在客廳看我被打，卻還是沒有半點愧疚感。

「姊姊，拜託啦，我幫你買一個禮拜早餐。」高中的時候弟弟翹課去找他女朋友，學校要求要家長簽名，可是他怎麼敢，所以一回家就跑來哀求我。

「才一個禮拜，不要。」

「好啦，一個月啦，我請啦。」

「這還差不多。」

我要去桃園讀書那天他送了我兩張五月天的演唱會門票，搖滾區最前面，會被阿信的汗噴到那種。

「你尬麻」

「沒有，這我同學不想去送我的，你拿去跟你好朋友看。」

「哎唷，長大了喔，那我拿去跟軒軒看。」軒軒是我男朋友。

「喔。啊你自己去桃園要小心，要常回來。」他滑著手機漫不經心地說。

「哎唷弟弟長大了餒，好啦，謝謝掰掰。」

我上桃園之後沒多久弟弟就畢業了，自己在台中開了一間音樂工作室，可能是因爲沒讀大學就出社會了，他變得成熟很多，會開始跟我講心事和工作上的壓力，我才知道原來他比我們看到的都還要複雜。有一回跟軒軒大吵到快要分手，弟弟丟下他可能是這輩子最多錢的案子一個人搭高鐵上桃園找我，要知道當時高鐵票價對他來說已經可以支付他一整個禮拜的飯錢。

當晚回台中後他發了一篇摯友限動鼓勵我，內容大概就是如果受委屈要打給他，他一定會立刻飛到桃園。

弟弟被檢查出來胃癌的時候是二十歲，他的事業準備要上巔峰的時候。

「醫生不可能啦，我兒子這麼年輕餒。」病房外面爸媽跟醫生爭執大吵。

「欸姊，你有幫我帶薯條嗎！」拿粥去找弟弟的時候他問我。

「神經病喔，你這樣還要吃薯條。」我看著弟弟身上的插管哽住眼淚嗆他。

「白癡喔，你不要哭啦。」弟弟看到我眼眶紅紅的後說。

「我沒有啊」但眼淚還是掉下來滑到脖子上。

弟弟一天比一天消瘦，卻還堅強的跟我們說他才二十歲，半年後就好了，叫我們等他出院帶他去吃海底撈。一直到弟弟離開的時候，他還是笑著叫我們等他，用力抓著我的手也越來越鬆，一直到心電圖化成水平線，他都還看著我，要我等他。

病房的櫃子裡放著一張遺書，我的那份寫滿了四張半開紙。

他說啊，抱歉小時候這麼白目，害我常被打。

他說啊，五月天演唱會門票是他兼職好幾份工買給我的。

他說啊，他本來希望五月天演唱會我可以帶他去看。

他說啊，開音樂工作室是因爲想寫一首歌送給我。

他說啊，抱歉，沒辦法再幫我買早餐了。

他說，再見到我一次，他會好好跟我道歉，抱歉讓我久等了。

最後一行字他寫道「下輩子，還要當妳弟弟。」

欸弟弟，雖然你眞的超討厭超白目超煩的，但你的音樂很好聽，我會拿來當婚禮音樂，我爲你留了一個位子，都是你喜歡的菜，我的婚禮，你要來吧，特別爲你包場的海底撈欸，不便宜欸。

「請你走出那張照片，再跟我打鬧一次，好嗎？」

被討厭的人

二十八歲，獅子女，離學生時期已經有一段距離了。

在人生裡，我有一段黑暗的記憶，充滿潮濕發霉的記憶。

高中快統測那段時間我每天泡在補習班做最後衝刺，有一天我和朋友在下課時間激動的討論當紅韓國團體要辦演唱會的事情，可能是笑太大聲，我被後面的同學很用力的打一下。

「死胖子，不要再笑了，你眞的很吵。」當時的我體重八十公斤，也沒在顧皮膚，活脫脫就是個肥宅女。

「你以爲你很安靜喔。」獅子座好強的我是不能容許自己丟臉的，於是我當下就嗆了回去。

不知道是不是因爲很多同學投來怒視的眼光，那位同學只是瞪了我一眼，並沒有嗆回來。

隔天我一走進教室，就聽到許多竊竊私語，還有投射向我的目光，像X光上下掃瞄我，連助教發考卷給我都用丟的。

「怎麼了？」下課時間我走向我的朋友們，可是只得到忽略，連之前跟我很好的小A也無視我。

「拜託跟我說怎麼了。」我難堪的放下面子再問了一次，小A轉頭看了我一眼似乎想說什麼，可旁邊的人立刻拍了一下小A的腿，暗示她不要理我。

「拜託妳，我做錯什麼事嗎？」我壓抑住從胃裡翻滾的噁心又再問了一次小A，這次她沒有轉頭，飄逸的眼神閃躲我的眼睛。我抑制住眼眶裡的淚水走回座位，眼淚在所有人火熱的注視下奔湧而出，化成一滴一滴難堪的惡夢縈繞在我此後的夜晚。座位上的我用餘光瞄了一眼那位打我的同學，看到她露出了勝利的微笑，那勾微笑也從此讓小說反派有了臉。

那陣子，我眞的變成了被討厭的人，助教總是會少印到我的講義，後面的同學改我的考卷會突然紅筆沒水，訂餐的同學會不小心忘記我的餐點。

三個月後統測結束我離開補習班，孤立才正式結束，小A後來有聯絡我向我道歉，可我卻已經沒辦法再一次用眞心去看她。

上大學後，我一改從前的肥宅樣貌，減重到五十公斤，養好皮膚，搖身變成匿名版被要IG的常客。

但我一點也不開心，我大量接觸系學會，交了很多同樣身爲風雲人物的朋友，成爲我曾經最想成爲的人。
卻再也沒有了可以交換眞心的好朋友。

想寫下這些文字一方面是記錄下我的回憶，一方面是想鼓勵那些也同樣被討厭的人，你可能眞的有些問題，才讓別人討厭你，但也可能不全然是你的問題。

舉例來說，我在大學認識一個同學B，非常喜歡去圖書館看影片，而且聲音會大聲的播出來，常干擾到其他同學，匿名版上幾乎每天都會出現關於她的言論，後來我實在看不下去，請她不要在圖書館干擾其他同學，她立刻就收起手機向圖書館裡的人道歉，並解釋她是鄉下人，沒有人告訴過她圖書館不能有聲音，從那天以後，她就再也沒有在圖書館吵到大家了。

對的，她有做錯事情，可是不跟她本人說，而直接在匿名上罵的人，應該錯得更多吧。

故事結尾來跟大家交代一下我和同學B的後續吧。

後來我和B成為了「閨蜜」，因為她身上沒有討人厭的煙火味，是個乾淨清白的女孩，畢業後我到了夢寐以求的私立學校當老師，B也在同個城市的另一所私立學校任教，透過文章，我想對妳說。

「嘿，認識七年，感謝妳接受我的龜毛，保護我的好強，遇到妳絕對是我今生最美好的驚喜。」

「世界充滿叉路，所以請要學會尊重別人。」

那七年

十五歲那年我拼死拼活上了第一志願，眞的好後悔，因爲本身就不是特別聰明的人，會考也是運氣好猜中幾題才上的，這導致我完全聽不懂老師上課教的，看旁邊同學好像都聽一遍就會了，讓當時的我感到超級無力。

尤其是物理，每回上課都發誓要認眞聽，上課五分鐘後卻自動開啟飛航模式，在連續兩次大考墊底後，物理老師向我發出了最後通牒，說如果這次再墊底，就不用上了，直接死當我。

霎時間排山倒海的想像向我襲來，重補修的費用、爸媽的失望、同學的不屑讓我眼眶瞬間模糊，但又只能無力的翻動課本，想試圖理解密密麻麻的火星文。

當時坐我隔壁的是我們班班長，細框眼鏡、深褐色頭髮梳成整齊的中分，典型的斯文男。

「有遇到不會的嗎」在看到我痛苦的搔頭後，他向我走來。

「有……」我尷尬的撓手。

「那我能坐在這裡教你嗎」他指著旁邊的小椅子問我。

「嗯嗯嗯，謝謝你」我狂點頭道謝。

接下來的一個半月，每次下課他都坐到我旁邊的小椅子教我一道題一道題的解法，段考成績出來後，我終於不是墊底，是倒數第二，而他是倒數第一。

能想像嗎，一個穩坐全校排行榜榜首的人物理墊底？用膝蓋想都知道他是爲了救起我的學分，而他眞的救到我的學分了，可我也無法自拔的喜歡上他，長達四年。

哇，四年哪，四年是讓我從十五歲到十九歲，從高中到大學了，當時覺得四年好久，而立之年的現在回頭看卻覺得只不過一眨眼。

但有一說一，上帝是公平的，他聰明的腦袋卻配了一顆笨拙心，就連告白都是我問他朋友確定他也喜歡我後，我開口的。

那天散步在勤美綠園道，天色雖然已經暗了卻看得出他的臉色緋紅從耳根到脖子，是一個很容易害羞的人。交往這三年，他一直是很用心在對我好，也幾乎沒有讓我不開心。

一直到分手前都是這樣。

「妳還好嗎？」他仔細的觀察我的情緒。

「嗯。」可惡，他怎麼安慰我的像是他提分手的。

他是單親家庭，媽媽私底下來找過我一次，話說得很白，說希望他能娶個家境有錢一點的女生，而不是像我還要半工半讀的苦命大學生。那瞬間我才發現小時候眞的好天眞，以爲相愛就是永遠，長大後才知道愛情不只是兩個人的事。

「那妳能跟我說原因嗎？」安撫好我的情緒後他顫抖地問我。

「就是沒感覺了，眞的。」假的，我的心好像有刀片在割。

「好吧，我也不想要強迫妳，但妳以後一定要幸福，一定要，一定要。」他講話到顫抖，那是我第一次看到他哭，也是最後一次。

「絕對會的，你也一樣，要幸福。」我咧開笑臉張開雙手給他最後一個擁抱。

「嗯！謝謝妳，謝謝妳。」他的眼淚浸濕我的肩膀。「喔對了，這個送妳」是那本被塵封已久的活頁本，是七年前陪伴我每日每夜的活頁本，是密密麻麻裡散發出青澀的愛情味道。

日後那本活頁本又持續陪伴我了好長一段時間，就算後來科技產品逐漸取代紙筆，它卻好好的被我保護在公事包裡。上一次同學會剛好公司有急事處理，拿出電腦的時候被他看到放在夾層裡的活頁本，他一把抽起來。

「哇妳還在用喔。」他吃驚地問。

「沒有啊，只是一直沒換包包就不會整理。」

「書皮都沒有黃掉欸，包包選的不錯喔」他向我豎起大拇指，我對他翻了大白眼。沒跟他說的是，我每天晚上都會把活頁本翻出來擦一擦，嗯，很幼稚，好像以爲這樣就可以留下一些什麼。守住一些什麼。

「喔對了，我下週結婚妳要不要來」他突然拋出這句話。

「你，要結婚了？」我抬起頭看他

「對啊。」

「欸你超木頭的欸！你老婆好可憐。」

「妳超過分的，我現在是暖男欸拜託，怎麼樣，要不要重新在一起。」他對我眨了一下眼，我心跳漏跳了一拍。

「神經病」

「好啦，開玩笑，所以妳要來嗎？」

「不要。我很忙欸。」

「好吧合理，畢竟我老婆看到妳可能會吃醋。」我難受的扯出微笑，這次他卻沒發現我逞強的臉。

說眞的，我還喜歡你嗎？

我想，不喜歡了。見面還是會難受是因爲看到曾經喜歡的人吧，總有股也看到自己青春時的樣子。

看到你就好像看到了以前還不懂經濟壓力、還不用考慮到家庭、還能衣食無憂的自己。二十幾歲後的愛情，要考慮的變了太多，從最現實的經濟層面到雙方的家庭狀況。以前還願意坐好幾個小時的車只爲了見對方一面，現在卻睜眼閉眼都是該怎麼賺到錢，日復一日坐在辦公室爲五斗米奮力折腰，也不敢再一股腦栽進愛情裡。

後來我去過很多地方，吃了山珍海味，也遇到很多人，好像想試著找回從前，找回我們一起並肩在夕陽下打鬧的影子，可後來和我並肩的人，卻都成爲了你的盜版。

嗯，我還是會想你，但也不是想要你回來，而是想念以前的我們。

想念那個在凳子上被我的笨腦袋氣的半死卻忍住的你。

想念那天在綠園道害羞又雀躍的你。

想念那個對我說一定把我娶回家的你。

「聚散有時，各生歡喜，我們曾笑談
彼此就已足矣。」

在十七歲離家出走

「妳考這是什麼成績！」

「考這樣還敢給我簽名啊」

「妳不要臉我還要臉欸」

「花這麼多錢讓你補習，妳到底還想怎樣！」

「妳到底還要什麼！」媽媽站在補習班門口對我破口大罵，路過的同校同學都轉過頭偷看，我就盯著地板，臉熱熱的聽著媽媽在大庭廣眾怒斥我。直到補習班主任出來調和氣氛，媽媽才不甘不願的走回車上。

「妳也要加油啊，這次眞的有退步一點點喔。」主任溫和的對我說。

「嗯」

「快去找妳媽媽吧」

「嗯，謝謝主任。」轉過頭後發現，媽媽的車已經開走了，我知道這是什麼意思，她不想載我，要我自己走回家的意思。

但那晚我沒有走回家，坐在公園到晚上十二點爸爸才傳訊息問我在哪。凌晨十二點半弟弟拿了羽絨外套來外面找我。

「欸姊妳這次超勇，媽媽在家裡快氣死了。」弟弟跟我的出生只差半小時，個性卻完全不一樣。我沒有目標，只是一直讀書，看媽媽的臉色生活。弟弟卻有很大的夢想，在家完全懶得看媽媽臉色，任憑媽媽罵他都不在乎。

「啊妳這次又怎樣？」弟弟把羽絨外套蓋在我們身上。

「我考試退步啊」

「妳最好是可以退多少」他翻了大白眼。
「就是掉出校排前三啊」
「哇那眞的很爛欸。」我弟毫不客氣的嗆我。
「笑死，等你進全校前三百再說吧」我幼稚的嗆回去。
「對啊，妳看妳也知道光進前三百就很難了，何況是前三。」
「……你套我話喔。」我無言。
「哎唷聰明喔。」我弟一直是這樣，喜歡用一些尷尬的屁話來掩飾他想關心的情緒。
那天晚上我們一路聊到凌晨三點。
「欸姊，妳要不要離開家裡。」他突然蹦出這句話。
「好啊」可能當時眞的太累了。
「那我幫妳回家拿東西。」我弟可能也不知道他在做什麼，只知道隔天我睡醒的時候正躺在弟弟的租屋處。

「這哪裡」我問弟弟。

「我租的啊。」弟弟揉揉眼睛看著我。

「你租房子？媽怎麼可能讓你租。」我傻眼的環顧四周。

「就上次他們以爲我在開玩笑啊」弟弟漫不經心地說。

「哇賽，你眞的是瘋了。」我驚嘆。

後來弟弟搬回家住，說是想讓我自己好好有自己的空間。

可一年後畢業我就自己一個人北漂去台北了，雖然扛著沈重的房租，但我卻感受到了前所未有的自由。無法避免的還是會無助，也還是會有感覺快撐不下去的時候。

但再也不是那種不知道自己是誰，不知道爲了什麼活著，無時無刻擔心媽媽會爆炸的緊繃。

現在的我有了穩定的工作，有固定的朋友群，還有一個愛我的男友跟一個會保護我的弟弟。

這就是我要的。

是的，這就是我要的。

「雖然辛苦，但我還是熱愛炙熱滾燙的生活。」

我被哥哥撞見跟男友的初夜

我哥哥在學校給人的印象是溫柔體貼帥氣，超多女生爲之瘋狂，但那群花痴女完全不知道我哥在家裡多反差。明明是鐵直男卻超愛穿眞理褲，在家裡總是打不開瓶蓋，撕不開洋芋片包裝紙，老是要我坐在沙發陪他看鬼片，搞得像我是他姊。

但比起媽媽，哥哥似乎更害怕我。舉例來說，哥哥只要被女生告白，我一定冷不防出現在他後面瞪著他，逼迫他只能拒絕，還有哥哥偷看情愛電影，通常爸媽都會假裝沒看見，但我就是會站在門口嘲諷他。

「哎唷哎唷，壓力很大齁。」

「所以就叫你買安全鎖吧。」

「再省錢儲值啊。」

「現在後悔了吧。」然後勝利的離開。

至於我男友，是個超級單純且被動的小男生，交往一年看他都毫無作爲，所以連第一次都是我提的，聖誕節，我家。

在我們家裡是允許聖誕節可以不回家的，而哥哥出門前也已經跟我說他會去跟朋友住，所以當我聽見哥哥開門聲的時候，我的心跳瞬間暫停。

「你進去，你進去。」因爲房間沒有廁所，我叫男友躲衣櫃。

但是開門那一刻，我看到我哥站在門外盯著我，我也慢慢的抬頭回看他，眞，社會性死亡，簡稱社死。

我百分之兩百萬確定他有聽到，就在我已經準備好承認跟被笑的時候。

「我東西放在家裡，我只是回來拿，不用理我。」哥哥用非常平淡的語氣說，然後轉身拿東西。

「做好安全措施，我不想要妳太早生小孩。」

「如果他對妳不好跟我說，我學空手道的。」哥哥轉過頭對我說。

「你沒有要跟爸媽說？」我吃驚地望向他。

「不用吧，我想要妳好好跟他走到最後。」

「如果爸媽這麼早就知道，會討厭妳跟他交往吧。」

「雖然妳哥我很屁，但我唯一想要的只是妳開心。」

可惜的是，最後我還是分手了，在三年後的聖誕節。他媽媽不喜歡我。

當時已經開始工作，所以自己搬出去住也沒跟別人說我分手了，但哥哥卻在隔天殺來台南安慰我，原來是那晚之後我哥偷偷聯繫到他，跟他說如果吵架或分手或發生什麼事一定要第一時間跟他說，因爲我什麼都不會講，總是期待別人自己發現。

那天晚上我們徹夜長談，他說：「其實那天後來我很後悔，應該要知道妳已經長大了，不能夠再隨意進出妳的空間了。」

後來IG開始盛行，哥哥的粉絲人數高達九千多個，但追蹤的人卻始終只有我一個，他也不會發文，不發動態，都是偷偷改簡介來透露他的眞心話。

長年置頂的那句話是……

「如果以後沒人要妳，那我養妳吧，誰叫妳是世界送給我的禮物呢。」

總在片刻之間

阿嬤是嘉義人，而我是台中人，但爸媽都在大醫院工作，所以我從小就是給阿嬤照顧的，阿嬤非常會煮飯，說是在飯店工作的也沒有人會懷疑，阿嬤煮的滷肉飯尤其好吃，是小時候我每天都得吃到一碗的程度。

上高中後，爸爸自己在台中開了診所，所以我離開嘉義搬回台中跟爸媽住，只有每逢過年才會回阿嬤家團圓。

「雯雯，阿嬤家有裝那個電視，可以來教阿嬤怎麼弄嗎？」電話那頭，阿嬤用台語跟我說。

「阿嬤妳裝電視喔，賀啊，週末去找妳。」

其實電視公司的人都弄好了，也沒有要幹嘛，所以教阿嬤怎麼開關電視就差不多了。

「哇，好神奇餒！」阿嬤第一次看到電視機亮起的時候興奮的像個小孩。「那我以後知道你們在看什麼了。」阿嬤拿起遙控器開心的玩，但我卻覺得心酸，人手一台手機後，過去幾年的圍爐大家都不說話了，也沒人注意到阿嬤自己呆坐在位子吃著自己辛苦煮一下午的飯。

後來我打工存錢幫阿嬤買了一台平板，想著她老人家用觸控的應該比較好操作，傳訊息也好聯絡的到我，此後阿嬤每天都傳煮飯的影片給我，我也沒想太多，以爲她是把我的聊天室當備忘錄了，直到有一次我回嘉義才發現阿嬤早就不煮飯了，那些影片都只是想找我而已。

她只是想跟我說話，而這是她唯一想得到的方法。

上大學之後我到了台北，我幻想中車水馬龍、有很多好吃美食的地方，卻離嘉義252公里，交通往來沒辦法再那麼頻繁，所以只能用視訊跟阿嬤聊天，有一回我突然想吃滷肉飯，跑到台北有名的滷肉飯店，一碗一百多塊，吃下去的瞬間卻倍感失望，油膩膩的醬汁讓我真的很反胃。

回家後我打給阿嬤撒嬌說想吃她煮的滷肉飯了，阿嬤在電話那頭樂呵呵的很開心，答應我下次回家，她一定煮一大鍋給我。

可是卻沒有下次了，阿嬤在家裡昏倒後送去醫院被檢查出胰臟癌，半夜兩點我在24小時自習室準備回租屋處時接到電話，那是我人生中開最快的車的一次，沿路被測速機照了好幾次相，但到醫院的時候，卻只看到一群人圍在阿嬤病床旁邊哭。

「阿嬤⋯⋯」老實說當下是完全沒有眼淚的，完全哭不出來，只覺得心裡好像有什麼東西碎掉了，我有聽見。

後來啊，爸爸才跟我說，阿嬤走之前一直跟他說要好好疼我，一直擔心我在台北住不習慣，南部人隻身北漂很辛苦，擔心我吃不慣北部的飯菜，還一直說她還沒煮滷肉飯給我，擔心我會失望，想跟我道歉她沒辦法做菜給我了。

喪禮全程我都沒有哭，一滴眼淚都擠不出來，直到回阿嬤家整理東西，看到那個小時後常用的碗，看到阿嬤最喜歡的廚房，看到阿嬤床頭櫃上，我的照片，我瞬間就哽咽了，在阿嬤離開之後，第一次，我徹底崩潰。

阿嬤，我跑去學煮飯了欸，妳以前傳給我的做菜影片現在我都會做了喔，可是我不會煮滷肉飯，我有傳訊息問妳欸，妳尬麻不讀我訊息，妳以前都會秒讀的說。

我搬回嘉義了，開了一間餐廳，現在過年都是我在煮飯囉，可是大家都在滑手機不吃飯，阿嬤，妳當初怎麼不跟我說妳會感到孤單，在融不進大家的時候。

這次我一定好好放下手機跟妳聊天，妳來我夢裡找我好不好？

我想妳了。

「這個世界走得很快，記得多握握那雙長滿皺紋的手。」

第一次失戀和長大

先說清楚，此篇故事主角並不是我，而是我的高中朋友茜雨。茜雨跟他男朋友是愛情長跑，從高一到大三，所以我也認識她男朋友，高中時期，茜雨有留晚自習，她男友會在門口等她並陪她走回家，連上大學了也是如此，認識六年，我幾乎從來沒看過他們有分開回家的一天。

「啊〇〇勒」我難得看到茜雨自己一個人走回宿舍。

「喔分手了啊」茜雨仿若這是稀鬆平常的語氣說。

「蛤？」我錯愕的不知道要回什麼。

「又沒怎樣，我們都長大了啊，他想好好拼事業也不怪他」

「拼事業有需要分手？」我追問下去。

「談戀愛也滿浪費時間啊，我也想分手了。」茜雨說謊，我看得出來她比誰都要在意這段關係。

問了朋友後才知道是男生喜歡上同系的學姊，但不想當壞人，所以冷暴力茜雨，逼她說出分手。

「七夕那天我訂了高級餐廳」

「要提前半年訂的那種」

「因爲太貴了，我特別省錢了半年」

「結果我就自己坐在餐廳裡到服務生來提醒要閉館了」

「回家後我就躺在床上，朋友傳他的動態給我，是他跟他學姊去吃夜景餐廳。」

「可是我怎麼沒看到呢，原來他隱藏我了啊。」

有次宿舍裡只有我跟茜雨，我聽到她在哭，是那種刻意用枕頭壓著聲音的哭聲。我爬到上鋪坐在她床腳，她抬頭看了我一眼後就開始喃喃自語。

那已經是他們分手好久之後了，因爲茜雨一直表現的猶如平常，連我都沒發現她怪怪的，還自以爲她的自癒能力很好。

「爲什麼不跟我說？」我問了她。

「長大了就不能帶壞情緒給人了不是嗎？」她抽了抽鼻子後笑著對我說。

所以呢，長大的代價就是哭的權利嗎？

其實後來的我們所面對的好像是兒時的好幾百倍殘酷，但面對更殘忍的現實，能自由哭泣的權力好像也在一點點被剝奪。

好像長大後我們被逼迫拼命往前跑，但卻沒人給我們盾牌去抵禦那些槍林彈雨。

所以爲何我想寫下這些故事，很單純的。我只是想讓每個人或每則故事都有個出口，讓你知道，嘿，你是可以哭的欸，你是可以找別人訴說的欸，你的故事，總有人想聽，至少，我很願意聽。

「請你將自己奉為珠寶，才能夠被生活溫柔以待。」

永遠不要委屈自己迎合愛情

詩婷是個外向的女孩，更應該說是爲了能在學校生存下去才強迫自己變外向的人。因此每當要踏進校門前，詩婷都得給自己加油打氣，壓抑自己焦慮的內心，堆起笑臉又是不輕鬆的一天。在同儕之間，詩婷總是扮演著開心果，做許多小丑姿勢和扮丑角，讓大家笑得開心，極少有人能夠看穿詩婷的脆弱，所以導致每當有人能看穿詩婷並和她交心時，詩婷就會把自己的全部都交出來。可開心果歸開心果，詩婷並沒有屬於自己的圈子，她屬於所有小圈圈，但每次要分組時，大家都是各自抱團，留下尷尬的詩婷等老師分配。在遇到瑞之前，詩婷一直是這樣，失望習慣了也從不會說什麼。

瑞和詩婷是補習班助教跟學生的關係，瑞比詩婷大三歲，是念台灣的頂尖學府，長得也很帥，家裡做大企業的更是有錢，是個名副其實的高富帥。瑞在詩婷心裡就是個太陽，可人類怎麼可能摸得到太陽，所以瑞對詩婷來說也只是個可望不可摸的夢。直到瑞跟詩婷告白並擁抱她那一刻，詩婷才相信夢原來是真的能夠被實現的。

然而愛情果然是不能夠來太快的，瑞這麼優秀卻一直沒有女友是有原因的，他是妥妥的大顏控，跟他曖昧過的女孩十有八九都被瑞嫌棄不好看，而詩婷也不是例外。

意外從朋友那得知瑞常常抱怨詩婷長得不漂亮，身材雖不差卻也沒多好後，詩婷難過的哭過好幾次，也不是沒嘗試過化妝，只是化完妝又沒自信走出去，試過減肥，卻把自己的胸部減小了，瑞不喜歡，恢復身材後卻又被瑞嫌太胖。

最後一根稻草是瑞被詩婷發現跟朋友說當初看上詩婷只是覺得她很可憐，一時同情心氾濫罷了，還說其實當時一告白就馬上後悔了。詩婷知道後好幾天都躲在宿舍裡哭，直到室友叫瑞道歉，詩婷才覺得好過一些，但那就是他們的全部了。

瑞在兩天後提出分手，他覺得詩婷太不成熟，不爲自己而活。「嗯，你也照顧好自己吧。」詩婷很堅強的對瑞露出那招牌笑容。直到瑞來宿舍拿回自己的東西時，詩婷才第一次感受到痛，那股撕心裂肺，想叫卻叫不出來的痛重擊心臟。

詩婷第一次覺得自己快窒息在眼淚裡，第一次離家後這麼想念故鄉，第一次把整個枕頭單撕碎，第一次失控崩潰。

上大學後詩婷女大十八變，找到了適合的妝容，瘦下來了卻不失前凸後翹，成爲了中文系第一大女神，追求人數像吹氣球般急速上升，但卻再也沒人能眞正走進她心裡。

到遇見冠之前。

冠只是詩婷追求者裡的其中一位，不同的是，冠是個很細心的人，總是觀察的出詩婷煩躁的情緒和疲憊的神情，但也不會在大庭廣衆直接問，而是晚上睡前傳訊息給詩婷問狀況，慢慢的，詩婷發現冠是個很不一樣的人，開始願意跟他單獨出去散散步、吃吃晚餐。

可冠同時也是個超級被動的人，曖昧了整整一年才被同學們慫恿著告白。

「妳以後不要再節食了好不好？」

「我知道妳想維持身材，但這樣身體會壞掉的」

「我也知道化妝會帶給妳自信」

「但我想讓妳多睡一點，提早一個小時起床眞的太累了」

「但如果化妝妳會開心，那我可以把以後約會時間往後調」

「我只是想讓妳知道，在我身邊不用這麼完美」

這幾句也沒多浪漫的話說完，詩婷就哭了，冠越安慰詩婷卻哭的越兇，搞得冠慌慌張張不知道該怎麼辦。

夕陽下，一個男孩拼命扮鬼臉給女孩看，見到女孩笑出來，男孩才鬆了一口氣把女孩擁入懷裡，那是至今爲止，我見到過最美的風景。

「嘿，被愛是不需要開條件的。」

說不離開的人最後說了抱歉

小西在高一的時候因爲一次跑社團活動認識隔壁校的男生，因爲個性很合，很快就變成無話不談的好朋友，小西會跟男生分享自己的事，男生也會跟小西分享自己喜歡的女生，讓小西幫他出主意。可能是小西自己也沒戀愛經驗，幫男生想的方法卻沒有一次成功過，終於男生後來在上大學屢屢被打槍後跟小西表了白。

因爲個性很合拍的關係，小西想著試一下也沒什麼，不適合的話再做回朋友就好了，一開始男生確實對小西很好，從小小的跑腿買飲料午餐到體貼照顧生病的小西，還每天在朋友圈發小西的照片，眞的是過上一段非常甜蜜的熱戀。

但終歸那只是一開始，後來男生回訊息次數越來越少，見面時也對小西愛理不理，終是在兩週年紀念日提了分手。

「嗯，我知道了。」出奇的平靜連小西都不敢相信是自己的聲音。

「抱歉。」男生沒敢抬起頭看小西。

「不會，我先走了。」小西愛面子的個性不容許自己難堪，特別是在他面前。她不想讓那男生知道，她很崩潰。

「嗯，之後再見。」

走出餐廳後，小西自己從山上的夜景餐廳走回市區，花了五個小時，回到家的時候後腳跟都摩破了，血染紅亮白的高跟鞋。特別爲這次約會買的高跟鞋。

那段時間據小西形容，彷彿行屍走肉，原本怕黑的毛病不治而癒了，生病也沒有再期待會有人關心，只是自己去掛急診，安安靜靜的忍耐，身邊的朋友也看不出來她分手，甚至可以說不知道，因爲小西後來發現男生至始至終從來沒有公開交往訊息，那些貼文都設置爲僅小西可見。

之後搬家的時候，小西從床頭櫃後面翻到一條男生送她的項鍊，瞬間眼淚就潰堤了，像水庫洩洪止都止不住，卻是無聲地哭，放任眼淚去浸濕衣服。

幾個月後男生托朋友帶來道歉信和喜帖。

道歉信裡寫道男生很抱歉長達半年的冷暴力，也不是沒想過回去找小西，只是總感覺愧疚，也沒有面子再次出現在小西面前，喜帖裡夾著一張便利貼。

「我要結婚了。」

「出於禮貌，我決定還是給妳喜帖。」

「但我希望妳不要來，我不想讓她吃醋。」

「抱歉。」

「但我想好好珍惜她。」

「也祝妳幸福。」便裡貼右下角畫上一個笑臉。

「那好痛苦。」小西對我說。

「最可怕的是，我在一點點抽離的時候，他一封信就把我一整年的努力抹滅掉。」

「一整年哪。」

「就在一瞬間完全摧毀。」

「驟雨又要傾盆，而我卻再也撐不起傘。」

給毛小孩的信

搬離家裡北漂的前幾年，因爲沒什麼錢，也買不起太多家具，所以當時的租物處空空的，看起來實在空虛。正好，身邊有朋友家的貓生了小孩，我想著養一隻也許不錯，沒想多久就答應了，養了之後才發現養貓的成本超級高。從飼料到醫藥費，每個月都讓我有極大的開銷，但能怎麼辦呢，又不可能把牠送回去，所以硬著頭皮接了好幾份工，餐餐都吃泡麵，只爲了買牠的東西和食物。

有一回我因爲工作繁忙，完全忘記分組報告，同組的同學們非常不滿，於是跑去跟助教抱怨。

「妳要不要放棄修這門課啊」助教用很羞辱的語氣跟我說。
「我實在看不出妳有想好好上課欸」
「妳知道我收這些作業很累嗎，長大不要再造成別人的困擾了好嗎」助教從頭到尾連頭也沒抬。
「抱歉，我下次會注意。」勉強擠出這句話後，我起身假裝輕鬆的走出助教室，騎車回家的路上我的腦子卻一片空白。
其實這也不是什麼大事，只是覺得好累，真的好累。
回到家，開門，散落一地的杯子碗盤碎片和被抓花的沙發映入眼簾，已經好幾次了，也見怪不怪了，但在今天看來卻格外刺眼，我累的癱坐在玄關，失聲痛哭。
貓咪似乎發現牠做錯事，難得的沒有叫，而是躡手躡腳走到我腿邊磨磨蹭蹭。

「做錯事會反省齁」

「好啦，知道妳不是故意的啦。」

「我去弄食物啦！」

貓咪就是這麼個神奇的生物，明明前一秒還在生牠的氣，下一秒卻又被牠的撒嬌征服。

後來我在職場上認識了一個男生，也就是我現在的男朋友，第一次帶他回租屋處的時候，貓咪瘋狂的對他尖叫，真的是尖叫，連我都被嚇到了。

好在我男友是一個超級有耐心的人，在跟貓咪相處半年，每天堅持努力討好貓咪後，貓咪才第一次主動蹭他，當時把他給激動的勒，像小朋友一樣跳來跳去。

去年的跨年他因爲臨時工作忙，沒辦法趕來陪我，本來準備好的炸雞也沒心情吃了，年也沒心情跨了，早早就上床睡覺，卻翻來覆去無法入睡，貓咪好像察覺到我的失落，一直在旁邊摸摸我的手。

五四三二一到數結束，色彩絢爛的煙火照亮整個夜空，沒有驚喜，他是眞的很忙。

快清晨的時候，我隱約聽到有鑰匙轉動的聲音，貓咪從床上跳下去跑到門口，男友領帶歪著，頭髮騷亂亂的出現，抱著一個蛋糕，滿臉歉意的看著睡眼惺忪的我。

「抱歉我遲到了」

「沒有遲到，天還沒亮。」我衝進廚房拿火柴盒點燃蠟燭。

然後兩人一貓，在天色漸亮之時倒數了好幾次，試圖彌補錯過的跨年，多麼可愛的畫面。
按下快門，兩人一貓，轉瞬間成爲永恆。

「我向日出許願，希望我愛的所有都能永遠快樂。」

我想嫁給我爸

有印象以來，我們家的氣氛就超級不好，很大一程度上是因爲我爸爸經常單方面的指責我媽媽，內容從批評我媽媽的教育方式到爲人處世都有，這導致了我媽媽在我很小的時候就得了憂鬱症。

小時候我經常懷疑媽媽是不是被威脅才跟我爸爸結婚，畢竟我媽媽很漂亮又很聰明，追求者裡隨便挑一個都是金字塔頂端的，到底爲什麼要嫁給一個從嘉義上來台北打拼的窮小子。

爲此我問過媽媽無數次，而得到的回應永遠都是：「不知道啊，被綁架吧。」我小時候很笨，眞的以爲爸爸綁架媽媽，還爲此故意不給爸爸好臉色，直到十四歲我才第一次偷聽到媽跟姊姊說她和爸爸的戀愛歷史。

爸爸是嘉義鄉下人，從小家裡窮，所以沒去過什麼大城市，也沒見過什麼世面，只知道認真讀書就很有機會翻身，當時的爸爸卯足了全力，花了青春裡的大半時間讀書，大學考上了北部的醫學系，這才第一次踏進台灣的經濟重都。

大學畢業前夕，爸爸進入了醫院實習，認識了同樣在實習的媽媽，也許是在鄉下長大的關係，爸爸不同於其他男生的心機，只是用著最單純的追求方式，默默的陪著媽媽，幸好，爸爸的努力沒有白費，媽媽看見了默默追求的爸爸，也愛上這個沒什麼心機、卻一直都很努力的男孩。

畢業後兩人同時到了中部工作，爸爸更加把握機會與媽媽接觸，不下一年，媽媽就被爸爸追到手了。因爲知道媽媽的夢想就是養兩個小孩，爸爸沒日夜的投入工作，也同是栽進股票市場，因著從明絕頂的腦袋，爸爸很快的就賺到了第一桶金，那天，爸爸站在望高寮的夜景餐廳，支支吾吾的媽媽求婚，前前後後花了半小時才說出口，能想像嗎，從明絕頂的學霸，被後輩景仰的學長，在病患家屬眼裡最放心的醫師，爲了說出一句話，竟然把臉紅的像剛被燙傷那般。

媽媽說到這就停了下來，站在門外我聽見姊姊詢問媽媽爲甚麼爸爸現在變成這樣。

媽媽輕笑的解釋道，爸爸會罵她的教育方式只是因爲知道不能把孩子保護的太好，否則到眞正競爭的都市時，會被別人比下去。

媽媽的憂鬱症並不是從爸爸來的，而是在給自己的壓力，很多時後，甚至還是爸爸幫媽媽走出來的。

「他就是這樣的人，很好很好，只輸在不會表達。」

「一個從鄉下窮困家庭的小孩一路殺到在醫師屆有聲有色的人，他眞的拼盡全力。」

「平常的他脾氣很爆燥，動作很粗魯，但卻很在乎我們，很在乎他愛的人。」

「多麼好的人啊，你爸爸。我老公。」透過門縫，媽媽驕傲的表情我看的非常清楚，跟爸爸在一起，眞的很幸福。

「爸爸，我想讓你知道，你一直都是我的英雄。」

我過得很好你放心走

跟我先生結婚後沒多久就生了一個兒子，不知道是不是遺傳到我先生，我兒子是一個非常安靜、不吵不鬧不亂抓東西的小孩，唯一會哭的時候就是肚子餓。

「老公，兒子肚子餓，家裡沒有奶粉了。」我不會開車，所以每次要買東西，都是我先生去買的。

「啊？好，我現在去。」他拔掉耳機，立刻起身拿鑰匙。

「你要不要打完這場。」我指的是他的遊戲。

「遊戲哪有小寶貝重要，我出去囉，順便幫妳買晚餐好嗎？」他彎腰抱了抱我。

「好！我要吃麥當勞！」

這就是最後一句話了，當天他離家不到五分鐘的路程，被一台衝出來的卡車司機撞到，在救護車上離開的。看見他的時候，臉上有幾道傷痕和很嚴重的瘀青，身體呈現不自然的凹折。

誠實說我是完全沒有感覺的，是完全麻木的，這太像一場夢，夢的很不眞實，接下來的日子我完全沒有掉一滴眼淚，從他過世那天到喪禮結束，我只覺得我好像做了一個很久的夢。

喪禮結束後半年，有一天晚上兒子的奶粉又沒有了，我大喊他的名字，好幾聲都沒有人回應後，我突然間才發現他眞的離開了，眞的不在我身邊了。就是霎時間，我的所有力氣都被抽乾，跪在地上痛哭，一直哭一直哭。

但哭能怎麼辦，都是成年人了，哭不能解決問題了啊，我強迫自己站起來，好好的站起來，好好的頂住這個家。

後來我才發現，原來騎車這麼累。

原來蟑螂並不恐怖。

原來櫃子那麼高。

原來兒子長大得那麼快。

應該是因爲單親家庭吧，兒子是一個很早熟的小大人，上國中以後家事都由他包辦，放假會帶我出去買衣服，催促我趕快找下家，長讓我又氣又笑的。

高中開始他自己出去打工存錢，拒絕我拿生活費給他用。

「妳錢賺那麼少。」

「自己拿去用啦。」他不知道從哪裡學來這種偶像劇台詞，幻想自己是霸道總裁，讓我笑到不行，但同時也是挺感動的。

長大後兒子到北部自己做新媒體，知道他工作忙，就不會特別讓他常常回來陪我，但他卻在上上週卻突然請了一週的假跑回來跟我過除夕。

「這是除夕欸，怎麼可能讓妳自己一個人吃飯。」他理所當然地說。

隔天初一我們去后里馬場騎腳踏車，兒子租了一台雙人電動車載我。藍天白雲下微風輕輕的吹，兒子的側臉竟有幾分像他。

親愛的，我現在過得很好。

兒子長大成熟了。
你放心走。
你放心走。

「無奇的生活裡偶爾也會散出光。」

後記・致敬這場絢爛花火

嘿大家好，我是有線耳機，想來想去後還是決定來後記跟大家說說話。身邊的人常問我爲什麼要寫作，眞實原因其實是因爲我想記錄下那些我曾經聽聞的故事，記錄下那些人間冷暖，記錄下那些擦肩而過的人生軌跡，最重要的是讓那些溫暖純良不僅僅是路過人間，而是在歷史洪流中留下我們存在過的「在場證明」。

最後的最後，我想祝你一生勇敢，永保赤子之心，就放手去做你想要的，去搶你所渴望的，也祝你就算遇上暴風雨，也還願意再次無畏的揚帆啟航；祝你就算歷經死陰幽谷，盼過浩瀚星辰，潛過無光深海，洪水淹沒視線，都還能擁有美好盼望，抵達你的星辰大海。

想告訴你的是，這本書不僅僅只是文字，更是很多人的溫暖和故事。所以哪天如果疲憊了，隨時歡迎你的再訪。
我永遠在字裡行間裡等你。
我保證。

「。。。。。」

「⋯⋯」

以此書，戀念人間。

致敬這場人間煙火。

有線耳機

國家圖書館出版品預行編目資料

致敬這場人間煙火／有線耳機 著. --初版.--臺中市：白象文化事業有限公司，2023.9
面； 公分
ISBN 978-626-364-082-5（平裝）

863.57 112010925

致敬這場人間煙火

作　　者　有線耳機
校　　對　有線耳機
發 行 人　張輝潭
出版發行　白象文化事業有限公司
412台中市大里區科技路1號8樓之2（台中軟體園區）
出版專線：（04）2496-5995　傳真：（04）2496-9901
401台中市東區和平街228巷44號（經銷部）
購書專線：（04）2220-8589　傳真：（04）2220-8505
專案主編　陳逸儒
出版編印　林榮威、陳逸儒、黃麗穎、水邊、陳媁婷、李婕
設計創意　張禮南、何佳諠
經紀企劃　張輝潭、徐錦淳
經銷推廣　李莉吟、莊博亞、劉育姍、林政泓
行銷宣傳　黃姿虹、沈若瑜
營運管理　林金郎、曾千熏
印　　刷　基盛印刷工場
初版一刷　2023年9月
定　　價　290元